AU SECOURS, UN LIVRE !

Correction : Josselin Rieu

1, rond-point du Général-Eisenhower
31101 Toulouse Cedex 9, France.
editionsmilan.com

Loi 49-956 du 16 juillet 1949 sur les publications destinées à la jeunesse.

Dépôt légal : octobre 2021 • ISBN : 978-2-4080-2890-9
Achevé d'imprimer au 3e trimestre 2021 en Espagne par Unigraf
Plus d'informations sur la fabrication de nos livres :
editionsmilan.com/comment-fabriquons-nous-nos-livres

FSC
www.fsc.org
MIXTE
Papier issu de sources responsables
FSC® C120704

Tu vides tes étagères et connais déjà ce livre par cœur ? Donne-le !

AU SECOURS, UN LIVRE !

CLAIRE CLÉMENT
LUCIE BRYON

LE FEUILLETON DES INCOS

tilt!
milan

CHAPITRE 1

Jusqu'à maintenant, lorsqu'on me posait la question : « Léo, est-ce que tu aimes l'école ? », je répondais sans hésiter : « NON. »

Ma pire année a été celle de mon CM1. La maîtresse est tombée malade, et on a eu plein de remplaçantes. Je me suis ennuyé toute l'année. À la fin, je ne voulais plus y aller. J'inventais mille excuses pour rester à la maison. Mais il n'y avait pas de discussion possible avec mes parents : l'école est obligatoire, un point c'est tout.

Mais cette année, si on me pose la même question, je répondrai sans hésiter : « OUI, j'aime l'école. » Incroyable, non ?

Et ça, c'est grâce à madame Bichou, ma maîtresse de CM2.

Avec elle, on ne s'ennuie pas du tout. Quand je me réveille le matin, je suis même content d'aller en classe. Madame Bichou a des cheveux blonds qu'elle attache en queue-de-cheval, et les oreilles décollées. Ça lui fait une bonne tête, comme si elle riait des oreilles. Le jour de la rentrée, elle nous a dit :

– Je veux bien que vous appreniez, mais ce que je veux surtout, c'est que vous compreniez. Vous voyez la différence ? Ne soyez pas comme des moutons qui suivent le troupeau sans jamais se poser de questions. Choisissez la meilleure herbe à brouter !

– Parce qu'on va brouter de l'herbe, maîtresse ?

C'était Tom, toujours dans la lune. Il avait dû saisir quelques mots par-ci par-là, et… voilà ce que ça a donné !

– C'est une image, jeune homme, a dit patiemment la maîtresse, qui ne connaissait pas encore nos prénoms. L'herbe à brouter dont je parle, ce sera la nourriture de ton cerveau, c'est-à-dire toutes les choses que tu vas apprendre avec moi, tu comprends ? Je veux faire de vous des enfants plus… éclairés.

– On va se mettre des lumières, maîtresse ? a encore demandé Tom.

– Mais non, a répondu madame Bichou. Par « plus éclairés », je veux dire « plus intelligents », si vous voulez ! Et je vous assure que vous le serez à la fin de l'année !

J'ai levé la main :

– Vous trouvez qu'on n'est pas assez intelligents, madame ?

– On ne l'est jamais assez, et mon but, c'est de vous aider à développer cette intelligence. Un pommier plein de santé fera le maximum pour avoir le plus de pommes sur ses branches.

Elle a fixé Tom :

– C'est encore une image, jeune homme. Je ne dis pas que des pommes vont pousser sur vos bras !

Tout le monde a ri. Tom aussi. Heureusement, il n'est pas susceptible.

La maîtresse a continué :

– Et on va commencer dès maintenant à stimuler votre intelligence. Racontez-moi un petit événement que vous avez remarqué ce matin. L'attention à ce qui nous arrive est le début d'une intelligence active…

Iris a raconté qu'elle avait vu un monsieur qui courait après son chien, qui courait après un chat,

qui courait après un pigeon, qui courait après un morceau de pain emporté par le vent. Précieux, lui, avait entendu une vieille dame appeler son chien Bibi-Trésor. Noah avait vu un monsieur s'asseoir sur un banc, déplier son journal, et puis *plof!* une crotte de moineau était tombée pile sur une feuille du journal. Le monsieur avait râlé, mais Noah avait bien ri, parce que la crotte s'étalait sur le portrait de Ronald Bump, un ancien Président que son père déteste. Et moi, j'ai raconté que j'avais vu un papa si grand que son fils, à qui il donnait la main, était obligé de courir pour le suivre. Le pauvre garçon était rouge comme une tomate, et le papa ne se rendait compte de rien!

Madame Bichou était contente, elle a dit :

– Pour une première fois, c'est très impressionnant ! Bravo, les enfants ! On refera cet exercice d'attention de temps en temps. Alors entraînez-vous !

Du coup, c'est drôle, je vois des tas de choses, maintenant, que je ne remarquais pas avant.

Son truc, à madame Bichou, c'est de commencer la classe en nous posant des questions. C'est pour ça qu'on ne s'ennuie pas avec elle. Par exemple, hier, pendant la leçon d'éducation morale et civique, elle nous a demandé :

– Les femmes et les hommes ont-ils les mêmes droits ?

Certains ont répondu : « Oui, bien sûr, les femmes et les hommes peuvent exercer le même métier, voter, divorcer, faire du sport, etc. » Mais d'autres ont répondu que ce n'était pas vrai : les femmes n'ont pas le même salaire que les hommes pour le même travail. Loane a rajouté :

– Et puis si une femme veut être pompier, pilote de ligne ou générale, c'est plus compliqué pour elle. À cause des enfants, et de ce qu'elle fait à la maison.

Alors on a formé deux groupes, et après avoir fait des recherches, chacun a donné ses arguments. C'était drôlement intéressant.

Ce matin, la question de madame Bichou est :

– Qui aime lire ?

Pour une fois, c'est un débat qui ne m'intéresse pas. Moi, je déteste lire. Et ça, même madame Bichou n'a pas réussi à le changer !

CHAPITRE 2

– Qui aime lire ?

Sur vingt-quatre élèves, la moitié lèvent la main. La maîtresse s'intéresse à l'autre moitié — dont je fais partie :

– Pas de BD ? Pas de documentaires ? Rien ?

Six aiment les BD. Noah dit :

– Moi, j'aime bien lire les blagues sur les paquets de céréales.

Lana lève les yeux au ciel :

– C'est pas de la lecture, ça !

– Oh, oh, pas de discrimination sur la lecture ! On lit ce qu'on veut ; le principal, c'est de lire, s'enflamme la maîtresse.

– Ça veut dire quoi, déjà, discrimi… lotion ? souffle Noah à Syrius, assis derrière lui.

Le pauvre, il chuchote pour être discret mais il a une voix si grave qu'on entend tout. Et bien sûr, on se moque de lui. Il ne connaît même pas le mot !

La maîtresse remet les pendules à l'heure :

– Noah n'était pas là quand on en a parlé, la semaine dernière. Qui peut lui expliquer ?

– Être discriminé, c'est être mis de côté, ou exclu, lance Stella.

Stella, ça veut dire « étoile », et dans la classe il y a aussi Syrius, qui est un nom d'étoile. Ce qui est drôle, c'est que ces deux-là brillent vraiment comme des étoiles : ils sont les premiers de la classe. On pourrait les détester, mais non, ils sont sympas !

– Bravo, Stella ! Et révisons un peu : pourquoi peut-on être mis de côté ?

Cette fois, on a tous notre mot à dire, car on a tous été un jour ou l'autre discriminés. Normal, puisqu'on est tous différents !

– Parce qu'on est trop petit ! intervient Djibrill, le plus petit de la classe.

– Parce qu'on est trop gros, dit à son tour Mathias.

– Parce qu'on est noir !

– Ou arabe !

– Ou handicapé, ajoute Maelly d'une petite voix. Et il ne faut pas se moquer des handicapés.

À la sortie de l'école, la maman de Maelly l'attend toujours en tenant la main de son petit frère, qui la lâche dès qu'il aperçoit sa sœur et crie : « Ma-lly ! » On voit que c'est un petit frère pas comme les autres. « Il est trisomique », nous a expliqué Maelly.

– Parfois on est discriminé, je lâche, et on ne sait même pas pourquoi.

Je ne peux pas m'empêcher de jeter un coup d'œil à Tristan. J'aime bien Tristan, je le trouve sympa. On était copains avant, mais il ne m'aime plus. Il m'évite, tourne la tête lorsqu'on se croise, et quand on joue au foot, il ne me passe jamais le ballon. À la cantine, il ne s'assoit jamais à côté de moi. Qu'est-ce que je lui ai fait ?

La maîtresse reprend :

– C'est bon, vous avez compris. Revenons à notre sujet : la lecture. Aujourd'hui, je voudrais que vous choisissiez un livre dans la bibliothèque de l'école, que vous lirez ce week-end. Et lundi, vous le raconterez à la classe…

Le cauchemar ! Ce week-end, j'avais prévu de jouer à la console et au foot avec Noah et nos familles, comme on le fait tous les dimanches.

Me retrouver tout seul avec un livre à la main dans la journée, ça me déprime. Ça me donne envie de dormir. Surtout que le début d'un livre, c'est long. En plus, moi, j'ai besoin de bouger. Et comme je bouge beaucoup, le soir, je suis trop fatigué pour lire. En revanche, j'aime bien les histoires… quand c'est maman qui les lit.

Justement la maîtresse poursuit :

– Vous ne le lirez pas tout seuls mais avec vos parents, ou l'un des deux, ou quelqu'un de votre entourage, peu importe !

– Ben, proteste Stella, pourquoi on doit lire avec nos parents ? C'est pour les bébés, ça ! Nous, on sait lire tout seuls !

La maîtresse acquiesce :

– C'est vrai que vous savez lire tout seuls, mais contrairement à ce qu'on pense souvent, la lecture n'est pas un plaisir solitaire. Ça peut se partager en famille, entre amis… Il y a longtemps, les histoires se transmettaient à l'oral, ce qui permettait aux auditeurs de s'émouvoir ensemble, d'avoir des fous rires, de s'enthousiasmer pour un personnage, ou au contraire de se révolter si son comportement était odieux. Bref, c'était un vrai moment de partage. Lundi, vous me raconterez ce moment partagé, si vous avez ressenti les mêmes émotions, aimé les mêmes personnages…

Ouf, si je peux lire ce livre avec maman, alors je suis sauvé !

La maîtresse nous présente quelques livres et, chacun à son tour, on va en choisir un. J'en remarque un tout de suite, pas épais. Je le feuillette et je pousse un soupir parce qu'il n'y a pas beaucoup d'images et que c'est écrit assez petit. Mais le titre est drôle : *Super-victime de l'injustice mondiale*[1]. On est plusieurs à le vouloir, comme par hasard… mais comme j'ai été le premier à le remarquer, la maîtresse me le donne.

J'ai une chance de ne pas m'en sortir trop mal avec cette histoire de lecture…

1. *Super-victime de l'injustice mondiale*, de Claire Clément et Lucie Bryon (éditions Milan, 2019).

Seulement, quand j'arrive à la maison, catastrophe ! Ma mère ferme sa valise.

– Ben, où tu vas, maman ?

– Je pars à Marseille. On vient de me prévenir il y a une heure que la journaliste qui devait aller au Congrès de la santé publique est malade, et je dois la remplacer.

Ma mère est rédactrice en chef d'un magazine de santé. Je sens mon ventre se nouer :

– Mais… tu rentres quand ?

– Dimanche soir ou lundi matin, je ne sais pas encore.

Elle voit mon air affolé :

– T'inquiète pas, mon Léo, papa s'occupera de tout. Sois gentil avec ta petite sœur, d'accord ?

Ah, c'est vrai, je ne vous ai pas encore parlé de ma petite sœur, Margot. Mais le moment est mal choisi, car ma mère part, et je dois tout faire pour la retenir :

– Maman, tu ne peux pas nous laisser ! Tout le week-end, c'est vraiment trop long ! Moi, ça va, mais Margot est petite : elle a besoin de toi !

Ma mère sourit :

– Ce n'est pas la première fois que je pars à cause du travail, mon Léo. Et ça va passer vite…

Elle jette un coup d'œil par la fenêtre :

– Oh, mon taxi est déjà là ! Ton père va arriver dans une heure. Fais-toi un petit goûter en l'attendant. On s'appelle demain soir, d'accord ?

Et elle se sauve.

Le problème, ce n'est pas de me retrouver seul avec mon père et ma sœur. Non, le problème, c'est que mon père DÉTESTE lire, encore pire que moi. Il ne l'avouera jamais, mais je le sais. Je ne pourrai jamais faire le travail demandé par madame Bichou ! Je suis fichu !

Pour me réconforter, j'étale du Burkella sur une énorme tranche de pain et je m'allonge sur le canapé. Je dois trouver un moyen pour que mon père lise avec moi. Je sors le livre de mon cartable et je le pose sur la table basse. Qui sait ? Le titre est peut-être suffisamment drôle pour éveiller son intérêt ?

CHAPITRE 3

– Hé Léo, *hello !*

Mon père aime jouer avec les mots. C'est étrange qu'il n'aime pas lire. Car les écrivains aussi aiment jouer avec les mots. Ils les associent pour provoquer le rire, ou de belles images, ou de l'émotion. Tiens, je parle comme madame Bichou, maintenant !

Mon père entre dans le salon, suivi de ma petite sœur Margot, alors que je suis en train de jouer à la console. Premier réflexe : sauvegarder ma partie pour ne pas la perdre quand il me demandera de l'éteindre.

– Je t'ai vu ! crie ma petite sœur.

Il est temps de vous présenter Margot. Elle a six ans, une langue bien pendue, des « pourquoi ? » et des « comment ? » qui fusent comme des pétards. Elle est hyper curieuse, se mêle de tout, de préférence de ce qui ne la regarde pas. Elle a un esprit logique qui énerve, forcément, parce qu'elle a souvent raison, et un gros, gros défaut : c'est la championne des rapporteuses ! À part ça, je l'adore !

Elle s'affale à côté de moi sur le canapé.

– Lila, elle arrête pas de se moquer de moi…

– Ben pourquoi ?

– Parce que je sais pas encore lire.

– Tu viens d'entrer en CP, c'est normal !

– Oui mais elle, elle sait ! Et en plus, elle sait compter jusqu'à cent !

– La pauvre, qu'est-ce qu'elle va faire jusqu'à la fin de l'année ? Elle va s'ennuyer !

Margot reste la bouche ouverte devant cette évidence. Elle semble réfléchir, puis fronce les sourcils :

– Il est où, Monseigneur ?

Monseigneur, c'est notre chat. Son endroit préféré : la table basse, sur laquelle il s'assoit bien droit, l'air hautain — d'où son nom. Mais là, il n'y est pas.

À cet instant, un miaulement retentit derrière la porte d'entrée. Margot court l'ouvrir. Monseigneur est sur le paillasson, l'air outré. La queue haute, il passe devant elle, devant moi et va se rouler en boule dans un fauteuil. Il a suivi maman, et je l'ai oublié sur le palier.

Papa monte dans sa chambre pour revenir quelques minutes plus tard. Il a quitté son costume-cravate, enfilé un jean et un tee-shirt avec écrit dessus : *Les Comiques*. Je tique en voyant le tee-shirt :

– Tu répètes, ce soir ?

Mon père joue dans un groupe de musique, Les Comiques. Lui, il est à la batterie. Leur local est dans notre cave. Banquier les jours de la semaine, rock star le samedi soir. Enfin, rockeur tout court. Si c'était une star, comme dit maman, « on le saurait, depuis le temps » !

– Oui, on a avancé la répét' à ce soir parce que personne n'est disponible demain. Si tu veux, viens jouer des timbales avec nous ! Tu te débrouilles bien, t'as vraiment le sens du rythme !

Ça n'arrange pas mes affaires, ça ! Déjà, la séance lecture est râpée pour ce soir !

– Moi aussi, je pourrais taper sur les timbales ? demande Margot.

– Bien sûr, ma chérie.

Ravie, ma petite sœur part jouer dans sa chambre.

– En fait, papa, j'ai un travail à rendre pour l'école.

– Ah, c'est super, que tu t'avances dès le vendredi soir ! réplique mon père.

– Oui, mais c'est un travail que je ne peux pas faire tout seul.

– Ah bon ? C'est quoi ? Des maths ?

Mon père adore les maths. D'habitude, c'est sur cette matière-là qu'il m'aide.

– C'est… spécial, mais ma maîtresse y tient.

– Ta maîtresse ! Elle a toujours de bonnes idées, je trouve.

Houlà, il risque de changer d'avis, mon papounet.

– Bon, alors, c'est quoi, ce travail ?

Je lui désigne le livre sur la table basse.

– Tu dois faire un résumé ?

– Non, on doit le lire ensemble.

– Comment ça, « ensemble » ? Tu sais lire tout seul, pour autant que je sache !

– Ben oui, mais madame Bichou a demandé qu'on le lise avec quelqu'un de notre entourage, et comme maman n'est pas là… La maîtresse dit que lire avec d'autres personnes, ça peut être un moment magique ! On peut avoir des fous rires ensemble…

Avoir un fou rire avec mon père en lisant, je n'y crois pas trop. Mais je tente le tout pour le tout.

– Hum, bon… si elle le dit.

Il a une lueur malicieuse dans le regard, et je devine tout de suite à quoi il pense : « Si tu le lis tout seul, elle n'en saura rien ! »

Mais il y a une règle dans notre famille : on ne remet jamais en question la décision d'un professeur d'école. Sauf s'il y a une injustice énorme. Comme c'est arrivé à ma petite sœur. En maternelle, une fois, la maîtresse a refusé de la laisser aller aux toilettes. Du coup, elle a fait pipi dans sa culotte, et tout le monde s'est moqué d'elle. Maman l'a récupérée en larmes. Margot ne voulait plus retourner à l'école. Maman n'y est pas allée par quatre chemins : elle a dit ce qu'elle pensait à l'institutrice. Sans crier, froidement, elle a exposé les faits, et conclu qu'en agissant de cette façon, la maîtresse avait mis sa petite fille dans une situation humiliante, alors qu'une institutrice était plutôt censée valoriser les enfants.

Face à une injustice, ma mère est redoutable.

Mon père prend le livre, le retourne pour lire le résumé, puis il le feuillette :

– Dis donc, y a pas beaucoup d'illustrations…

Je proteste :

– Papa, je suis grand, je te signale ! Les images, je peux les imaginer…

Mais je suis d'accord avec lui : moi aussi, en choisissant ce livre, j'ai trouvé que ça manquait d'illustrations.

– Oui, bien sûr. Mais… c'est écrit petit, non ? poursuit-il.

J'écarquille les yeux : mon père a les mêmes réactions que moi… Je ne suis pas au bout de mes surprises, car il insiste :

– Tu te rends compte tout ce qu'il y a à lire en deux jours ? Parce que… il est épais, ce bouquin ! Cent six pages, quand même !

Là, il exagère. Oh ! là, là ! C'est pire que ce que je croyais !

Il repose le roman sur la table. Monseigneur quitte son fauteuil, avec son habituel air hautain, et il vient s'asseoir… sur le livre, comme s'il mettait fin à la discussion ! De quoi il se mêle, ce chat ? C'est un complot ?

Je propose :

– Et si on commençait, là, tout de suite, avant que tes copains arrivent ? Juste le premier chapitre…

Dans ma tête, je me dis :

« On ne sait jamais, l'appétit vient en mangeant. Ça n'a pas marché pour moi, mais ça peut marcher pour lui. Et au moins, j'aurai des choses à raconter à la maîtresse… »

Mon père plaisante :

– C'est bien la première fois que je te vois si impatient de lire. Elle est forte, ta maîtresse !

Mais je ne suis pas impatient, je suis inquiet. Je ne peux pas avouer à la maîtresse que mon père n'aime pas lire. Moi, je suis un enfant, j'ai tout le temps d'apprendre à aimer lire, si c'est aussi génial qu'elle le prétend. En plus, elle veut un compte-rendu sur cette lecture partagée. Je me vois mal, devant toute la classe, imiter mon père en disant : « Mais c'est épais ! Et c'est écrit petit ! Et y a pas beaucoup d'images… » La honte ! Or, je ne sais pas mentir. Je suis si mal à l'aise que ça se voit : je rougis, je balbutie, je ne sais tellement pas où poser mon regard que je me mets à loucher. C'est comme ça depuis que je suis tout petit. Dès que j'essaie de mentir, ma mère me fixe avec son regard bleu : « Tu mens. » Elle s'en rend compte immédiatement. Et elle ne se trompe jamais !

D'ailleurs, là, c'est mon père qui se met à rougir et à balbutier :

– Désolé, Léo, mais j'ai plein de choses à faire avant que les copains arrivent. Je dois préparer à manger et…

Au même moment, ma petite sœur pousse un cri à vous déchirer les tympans.

CHAPITRE 4

Mon père se précipite dans la chambre de Margot :

– Qu'est-ce qui se passe ?

Il y a une énorme araignée juste au-dessus de son lit. É-NOR-ME ! D'où elle sort ? On est en octobre. Ces bestioles ne sont pas censées hiberner ? En tout cas, vu sa taille, celle-ci a bien profité de l'été et peut se caler dans son sommeil d'hiver sans crainte de mourir de faim. Mon père est pétrifié. Je l'entends gémir :

– Léo, viens voir…

Papa a la phobie des araignées. C'est donc à moi d'assurer.

J'en profite :

– Je te débarrasse de l'araignée si tu promets de lire le premier chapitre avec moi.

Mon père me regarde avec des yeux affolés :

– Mais c'est du chantage, ça, Léo !

– Oui, je sais.

– Bon, bon, c'est d'accord, capitule mon père.

Je vais chercher l'aspirateur, je ne garde que le tube, je branche l'appareil, et je dirige le tube vers la bestiole. Mais elle essaie de se faufiler derrière le rideau de la fenêtre. Je suis le plus rapide : *SLURRRPPPP!*

– Elle peut pas ressortir, t'es sûr ? demande Margot.

– Impossible, assure mon père, soulagé.

Il a retrouvé son allure confiante et décontractée.

– Mais elle va mourir là-dedans ? poursuit Margot d'une voix tremblante.

Mon père soupire :

– Tu aurais préféré la prendre dans tes mains pour la faire sortir ? Non ? Moi non plus ! Alors c'est réglé !

Il prend Margot dans ses bras, et on se retrouve tous les trois sur le canapé :

– On va lire le livre de Léo, d'accord ? déclare mon père.

– Il s'appelle comment ? demande ma petite sœur.

Papa pousse Monseigneur, se saisit du livre et répond :

– *Super-victime de l'injustice mondiale.*

– Ça veut dire quoi ? questionne de nouveau Margot.

Papa commence à lui expliquer ce qu'est une injustice, et bla-bla-bla, et bla-bla-bla… mais il ne commence toujours pas à lire ! C'est mal parti ! Parce que lire avec mon père, c'est déjà un défi, presque aussi compliqué que d'apprendre à un oiseau à reculer, mais avec Margot qui veut tout savoir sur tout et pose des questions toutes les cinq secondes, là, lire une histoire va se révéler plus difficile que de réaliser les douze travaux d'Hercule !

Du coup, je lui en veux un peu et j'ai envie d'être méchant :

– J'y pense… j'espère que l'araignée n'avait pas des bébés dans son ventre, parce que là, enfermés dans l'aspirateur, que vont-ils devenir ?

Mon père me fusille des yeux :

– Ne raconte pas n'importe quoi, tu veux ? Alors… où on en était ?

Mais Margot n'écoute plus. Je suis son regard. J'ai laissé l'aspirateur dans le couloir, et j'aperçois l'araignée qui ressort du tube, cahin-caha, un peu étourdie tout de même. Elle se dirige vers nous.

Margot a caché ses pieds sous le coussin, mon père aussi. J'enlève ma basket, je me sens d'humeur à terrasser un dragon, mais je n'ai pas le temps d'agir. Monseigneur arrive de son pas tranquille et, d'un coup de patte, il envoie valdinguer l'araignée, qui se retrouve sur le dos. Il joue un peu avec elle puis, lorsqu'il est sûr qu'elle ne bouge plus, la tête aussi haute que sa queue, il va reprendre sa place favorite. On reste silencieux un bon bout de temps, impressionnés et assez écœurés par cette mise à mort d'une technique irréprochable.

Puis Margot passe à autre chose :

– Tu ne trouves pas qu'il ressemble à tonton Bob ?

Elle montre du doigt le premier dessin du chapitre un. On y voit un couple, dont l'homme aux lunettes et aux cheveux noirs ondulés a un petit air de mon oncle.

Je suis content qu'on s'intéresse enfin au livre.

– Oui, c'est vrai, je m'écrie. Incroyable !

– Ça fait longtemps qu'on ne l'a pas vu, tonton Bob… On ne pourrait pas l'inviter ? demande Margot.

– Oui, ça fait longtemps, dit mon père en fixant le dessin. Mais c'est compliqué, il ne m'appelle jamais.

– Et toi ? je rétorque. Pourquoi tu ne l'appelles pas ?

Mon père a l'air surpris :

– Ben, je ne sais pas. C'est comme ça. Je n'y pense pas, c'est tout.

– C'est bizarre, quand même… je murmure. Vous êtes des frères, et les frères, c'est…

Un coup de sonnette retentit.

– Mes copains sont là ! Bon, ben, on lira ton livre demain.

Papa va ouvrir :

– Salut, les potes ! Vous tombez à pic !

De quoi parle-t-il ? De la corvée de lecture ? Ou de la discussion sur son frère qui l'a rendu très mal à l'aise ? Est-ce qu'il ne l'aime pas ? En tout cas, pour ce soir, c'est définitivement fichu, on ne lira pas mon livre. Enfin… le livre de madame Bichou.

CHAPITRE 5

Le lendemain, on se lève tard et mon père annonce la couleur :

– Les enfants, qu'est-ce que vous diriez d'une pizza, suivie d'un film au cinéma ?

Franchement, comment refuser un programme pareil ? Super, génial, de la bombe ! Mais là, c'est déloyal de sa part. Ou mon père a oublié, ou il cherche à gagner du temps… ce dont je suis assez convaincu.

– Heu… t'as pas oublié que… ?

Il s'agace :

– Mais non, je n'ai pas oublié ! Seulement, tout ne tourne pas autour de toi et de ton livre,

Léo ! On peut prendre du bon temps aussi ! Et ta sœur ? Tu y penses, à ta sœur ? Il faut bien qu'elle s'amuse un peu.

Je réplique :

– Justement ! Cette lecture, c'est aussi pour passer du bon temps !

Il a l'air sceptique :

– On le fera en revenant. Promis !

C'est à mon tour d'avoir l'air sceptique, alors il renchérit :

– Promis juré !

Ouais, ben, les promesses de mon père, je les connais. Elles s'envolent comme des feuilles d'automne, elles tourbillonnent et *pfffuiitt*… elles disparaissent. Je ne compte plus les petits cadeaux qu'il m'a promis si je retrouvais ses lunettes, si je préparais le sac de piscine de ma sœur, ou si je nettoyais la litière de Monseigneur. Ça remplirait une étagère de mon armoire.

Ç'a été une super journée, c'est vrai. Et j'aurais même aimé qu'elle dure plus longtemps.

Revenir à la maison, c'est recommencer cette course contre la montre : faire lire mon père qui n'en a absolument pas envie. Et ça me demande une énergie digne de celle d'un marathonien !

Je m'apprête à attaquer le sujet quand, à mon grand étonnement, c'est papa qui propose :

– Bon, on le lit, ton livre ?

On ne peut pas dire qu'il montre de l'enthousiasme, mais c'est déjà ça ! La fibre paternelle a dû vibrer. Et souvent, ça donne de bons résultats !

– Margot, va te mettre en pyjama, et profites-en pour ranger ta chambre ! dit-il à ma sœur, qui ne moufte pas — cette journée doit vraiment l'avoir fatiguée !

Mon père semble avoir compris que c'est important pour moi ! Enfin ! Je l'embrasserais, mon papounet ! Il remarque mon air réjoui et passe sa main dans mes cheveux, un geste tendre qui me fait chaud au cœur.

– Alors, on en était où ?

Nulle part, Gaspard ! Il plaisante, ou quoi ? J'ouvre le livre et il lit le premier chapitre. Mon père lit bien, avec une voix grave et beaucoup d'intonation. Souvent, quand maman nous lit des histoires, il s'amuse à faire les bruitages : le vent, le tonnerre, le loup, la poule, la voiture de formule 1, l'avion qui décolle… Du coup, on rit tellement qu'on n'écoute plus l'histoire. Et ma mère finit par le virer de la chambre.

L'histoire de mon livre est drôle : un garçon qui s'appelle Alban ne fait que des bêtises, jamais exprès, évidemment. Comme il est souvent puni, il estime qu'il est une super-victime de l'injustice mondiale ! Lorsque sa mère est fâchée, elle l'appelle « corniaud ».

– Tu sais ce que ça veut dire, « corniaud » ? me demande mon père.

– Non, j'ai jamais entendu ce mot.

– Ça veut dire « imbécile » ou « abruti ».

Je tique :

– Pas très gentil de la part de la mère, je trouve.

– Ouais, mais ton personnage, là, excuse-moi, il n'a pas l'air facile non plus. Moi aussi, je perdrais patience.

C'est moi qui lis le chapitre deux. On avance, on avance… Au fond de moi, je suis content. Je suis bien obligé de reconnaître que l'histoire est chouette. À mesure que je lis, c'est bizarre, mais Alban commence à m'émouvoir. C'est vrai qu'il fait plein de bêtises, mais c'est plus par maladresse qu'autre chose. Il n'est pas méchant. Et il se sent si incompris qu'un jour il décide de s'enfuir. Je pense :

« Faut vraiment avoir la haine… »

Et alors je ne sais pas ce qui se passe. C'est peut-être parce que maman n'est pas là et qu'elle me manque un peu, mais ma voix devient chevrotante, et je sens les larmes me monter aux yeux. L'une d'elles coule le long de ma joue…

Mon père me regarde. Sans dire un mot. Pourquoi il me fixe comme ça ?

Je m'attends à ce qu'il me prenne dans ses bras, qu'il me dise : « Ben alors, mon petit père, ce n'est qu'une histoire, c'est pas pour de vrai… » Mon père sait se montrer câlin quand il le faut.

Mais non, pas là.

Pire, il se lève, jette le livre, qui atterrit dans un coin.

Monseigneur, qui ne supporte pas les conflits, quitte la pièce d'un air méprisant.

– Ça va, on arrête ! crie mon père. C'est quoi, ce délire ? Tu pleures à cause d'un bouquin, qui est censé être drôle, en plus ? Qu'est-ce qui t'arrive ?

Je tombe des nues :

– Mais, papa, c'est pas grave de pleurer à cause d'une histoire…

– Ah non ? Tu crois qu'on n'a pas assez d'occasions de pleurer dans la vraie vie ? Pourquoi en rajouter avec les ennuis de personnages qui n'existent même pas !

Mon père est furieux et je ne comprends pas pourquoi. Qu'est-ce qui le met hors de lui ? De me voir pleurer ? Lorsque Joyeux, mon hamster, est mort soudainement, j'ai pleuré, beaucoup pleuré… mais ça ne l'a pas mis dans cet état ! Qu'est-ce que je peux lui répondre ? Ben oui, les personnages des livres n'existent pas, pas plus que ceux des films, mais ils nous touchent, parce qu'en découvrant leur histoire, on apprend à les connaître, et on s'attache à eux.

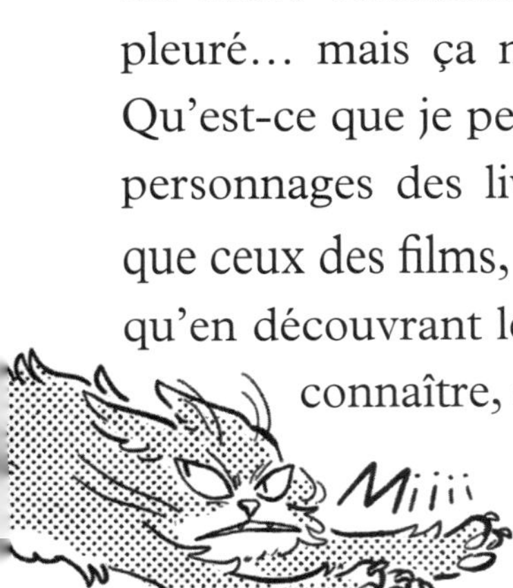

J'essaie de lui expliquer ce que je ressens :

– Papa, j'adore pleurer ! Ça me fait du bien…

Qui l'aurait cru ? Moi-même je le découvre. Oui, ça me soulage de pleurer pour une histoire ! C'est comme mettre un pansement sur un bobo.

Mon père me jette un regard décontenancé. Il secoue la tête, plusieurs fois, puis il murmure :

– Ça, c'est vraiment un truc que je ne comprendrai jamais…

Il ramasse mon livre et me le tend.

– Excuse-moi, Léo. Je n'aurais pas dû m'énerver. Laisse-moi un peu de temps…

Du temps ? Mais combien ? Il ne nous reste plus que dimanche, maintenant. Est-ce encore un prétexte pour arrêter la lecture ? Non, au fond de moi, je sens que mon père a été troublé.

J'ai envie d'en savoir plus :

– T'as jamais pleuré, toi, en regardant un film ?

– Non, jamais.

Évidemment, mon père ne regarde que des films policiers ou d'espionnage !

Comme s'il lisait dans mes pensées, il ajoute :

– On le lira, ton livre, Léo, je te le promets… sur la tête de Monseigneur.

Monseigneur, ben voyons ! Entre mon père et mon chat, on ne peut vraiment pas dire que ce soit une grande histoire d'amour. Mais c'est plutôt la faute du chat : il fuit mon père comme la peste. Dès que papa est un peu trop près de lui, Monseigneur se redresse, saute de la table basse et s'en va. Mon père n'est pourtant pas agressif, c'est juste mon chat qui est très sensible. Il ne supporte pas les cris, ni les conflits, ni les gens nerveux. Or, mon père est souvent tendu, ça me saute soudain aux yeux.

Le prospectus de la pizzeria traîne sur la table. Je rouvre le livre et je m'en sers comme marque-page. Si jamais l'envie reprend mon père de lire avec moi, il faudra saisir l'instant et tomber tout de suite sur la bonne page, avant qu'il change d'avis. Tout à coup, je me sens sous pression. Comme un ballon qu'on gonfle jusqu'à le faire éclater.

J'ai jusqu'à demain soir pour ne pas éclater.

CHAPITRE 6

Je suis déprimé. Ma lecture est loin d'être finie. Est-ce qu'il faudra aussi que j'explique à ma maîtresse que je n'ai pas pu terminer la lecture avec mon père parce qu'il n'a pas supporté de me voir pleurer ?

Après s'être empiffré de croquettes, Monseigneur vient reprendre sa place sur la table basse. Il n'est pas câlin, notre chat ! Il mène sa vie sans se soucier des autres. Il n'y a que Mélody, la chienne de mon oncle, qu'il semble bien aimer. Est-ce qu'il a un cœur ? Est-ce qu'il ressent des émotions ? De la colère, par exemple ? On va voir…

– Corniaud… je lui chuchote en pointant un doigt sur son ventre.

Il tourne la tête vers moi, dresse ses oreilles, et je crois voir dans ses yeux un air de défi, comme s'il me disait : « Recommence si tu l'oses ! » Je ne me gêne pas, je souffle sur ses moustaches :

– Triple corniaud !

Ce n'est pas très sympa, mais ça me défoule. Monseigneur, lui, saute de la table et part, fidèle à lui-même : indifférent.

Le soir, maman appelle. J'entends ma petite sœur lui dire que j'ai traité Monseigneur de corniaud. Non mais je rêve ! Comment a-t-elle pu m'entendre ? Elle était censée être dans sa chambre ! Soit elle m'espionne, soit elle a des oreilles aussi longues que la trompe d'un éléphant !

– Ho, Oreilles-Qui-Traînent, je lance, de quoi tu te mêles ? Passe-moi maman…

– Maman, t'as entendu ? Il est méchant, Léo ! Et puis, papa et lui, ils arrêtent pas de se disputer ! C'est pas drôle. Quand est-ce que tu reviens ?

Maman doit dire des choses qui la rassurent, parce que Margot se calme et me tend le téléphone.

Je pars direct dans ma chambre, loin d'Oreilles-Qui-Traînent, et je prends soin de refermer la porte et de m'en éloigner le plus possible. Le cœur gros, je raconte à ma mère l'épisode de lecture avec papa.

– Ah, mon fils, tu t'attaques à du lourd, là… dit-elle.

– Comment ça ?

– Eh bien, ton père m'a raconté un jour une scène qui l'avait bouleversé quand il était petit…

Un jour, papa a surpris sa mère en train de pleurer. Je n'ai pas connu ma grand-mère, mais d'après mes parents, c'était une sacrée bonne femme ! Pas le genre à chouiner pour un rien, ni même quand il y avait des soucis. Et il paraît qu'elle était très drôle. Pleine de fantaisie. Elle adorait les histoires, en inventait et en racontait plein à ses fils, en se déguisant, en faisant des mimes… Tonton Bob et mon père étaient en adoration devant elle. Alors, la voir pleurer, ç'avait été un vrai choc pour papa. C'est toujours un choc de voir ses parents pleurer, non ? Mon père, d'ailleurs, je ne l'ai jamais vu pleurer.

– Ta grand-mère a rassuré ton père en lui expliquant qu'elle pleurait juste à cause d'une histoire qu'elle avait lue, continue ma mère, mais ton père, qui était très jeune, n'a pas compris. Depuis, il déteste les histoires. Je pense

que c'est pour ça : il se méfie des émotions fortes que la lecture peut produire.

Ça me soulage un peu. Maintenant j'ai une explication à fournir à ma maîtresse au cas où papa refuserait de continuer à lire avec moi.

Il y a une photo de ma grand-mère dans le salon, avec un bouquet de marguerites dans la main. Blonde, des yeux noirs en amande qui sourient, le visage serein. Elle est décédée d'une crise cardiaque lorsque mon père avait une dizaine d'années. Mon père a-t-il pleuré à ce moment-là ? Ou a-t-il refoulé ses larmes ? Parce que, comme il l'a dit, dans la vraie vie, on a parfois de vraies raisons de pleurer. Lorsque des pierres nous tombent dessus et qu'on a mal, c'est normal de nous construire un mur pour éviter qu'elles nous touchent. Peut-être que mon père évite tout ce qui risque de l'émouvoir. Pour se protéger, il a construit sa vie comme un mur, et toutes ses émotions viennent s'y heurter sans cesse. Qui sait ? Un jour, peut-être, ce mur se fendillera…

Mon grand-père, lui, vit encore. Sa vue a tellement baissé qu'il ne peut plus vivre seul. Il est dans une maison médicalisée et vient chez nous un dimanche sur deux.

Après avoir raccroché avec maman, je réfléchis. Si papa déteste la lecture à cause des émotions fortes, j'ai gâché toutes mes chances en pleurant. C'est sûr, maintenant : je n'arriverai jamais à lui faire lire mon livre. Il faut que je trouve quelqu'un d'autre pour m'aider.

Papy ? Impossible, il ne voit pas assez bien.

Tonton Bob ? Pourquoi pas ? Il adore lire, c'est même son métier : libraire ! Oui, mais papa n'acceptera pas de l'inviter. Je n'ai jamais compris pourquoi les deux frères ne sont pas proches. Tonton Bob est drôlement gentil pourtant… Est-ce que je peux inviter mon oncle en cachette ? C'est ma dernière chance de réussir… alors, tant pis si papa est fâché.

Discrètement, je vais chercher le portable de mon père dans le salon puis je

retourne dans ma chambre, en prenant soin de fermer ma porte à clé (avec Margot, c'est plus prudent).

– Allô ?

– Allô, tonton Bob ?

– Tiens, mon petit Léo, ça me fait plaisir de t'entendre. Tout va bien ?

– Ben non… il faut que tu m'aides.

Et je lui explique tout.

– Tu veux que je vienne demain ? Et que je lise ton livre avec toi ?

– Oh oui, ce serait génial !

– OK, tu préviens ton père ?

Aïe…

– Oui, oui… je murmure.

– Super, à demain !

Je raccroche, je vais reposer le portable sur la table du salon et je rejoins mon père dans la cuisine. Comment vais-je lui avouer que j'ai invité son frère sans lui demander la permission ?

Et pour lire, en plus !

CHAPITRE 7

Au moment d'aller me coucher, je décide de lire quelques pages de *Super-victime de l'injustice mondiale*. Ça me rassure… et puis j'ai envie de connaître la suite. Finalement, elle a bien réussi son coup, madame Bichou ! Mais alors que j'étais sûr d'avoir laissé le livre sur le tabouret à côté de mon lit, je ne le trouve pas. Est-ce que je l'ai oublié aux toilettes quand j'y suis passé ? Trop la flemme d'aller vérifier ! J'ai envie de connaître la suite, d'accord, mais je ne vais quand même pas me relever pour un livre !

Je mets la couette sur ma tête, me retourne deux ou trois fois, et le sommeil me terrasse.

Le lendemain, papa est de mauvaise humeur. Il rouspète après Margot qui ne trouve pas ses baskets, il rouspète après les croquettes qu'il a fait tomber à côté de la gamelle de Monseigneur, il rouspète après la voiture qui ne démarre pas tout de suite, et après moi parce que je n'ai pas mis ma ceinture.

– Tu ne peux pas y penser tout seul ? Combien de fois il faudra que je te le répète ?

Dans ces cas-là, une seule issue : se tenir à carreau. Qu'est-ce qui peut bien le mettre de si mauvais poil ? Et comment va-t-il réagir quand je lui dirai que j'ai invité son frère ? Je préfère m'abstenir en attendant que l'orage passe…

On part donc, comme tous les dimanches matin, jouer au foot dans la forêt. On y retrouve Noah et sa famille, et d'autres amis de mes parents, avec leurs enfants de tous les âges. Ça fait des équipes assez rigolotes. Mon père et celui de Noah se sont rencontrés à la sortie de l'école, il y a deux ans, et sont devenus super copains, et du coup Noah et moi aussi !

Dès que je le vois, je lui demande s'il a lu son livre avec ses parents :

– Oui, on l'a lu très vite, dès vendredi.

– Et alors ?

– Bof, c'était pas terrible.

– Qu'est-ce qui n'était pas terrible ? Le livre ou lire avec tes parents ?

– Non, le livre ! Avec mes parents, c'était cool ! Le livre était tellement cucul qu'on a bien rigolé !

Je m'aperçois tout à coup que je meurs de jalousie. Je tape dans le ballon avec fureur et… je marque un but. Noah me regarde, surpris :

– Ben dis donc, t'as la rage…

Il n'imagine pas à quel point.

Le foot nous a bien changé les idées et, quand on rentre pour déjeuner, un poulet déjà cuit nous attend. Papa n'a plus qu'à le réchauffer. Je passe aux toilettes, et soudain je repense à mon livre. Zut, il n'y est pas ! Où l'ai-je laissé ?

Je fouille la maison, en vain. En passant devant la chambre de mes parents, je reconnais une feuille posée sur leur table de nuit. Intrigué, j'entre : c'est la publicité dont je me suis servi comme marque-page. Que fait-elle là ? Peut-être est-elle tombée dans le couloir quand j'ai emporté le livre ? Je jette un coup d'œil par terre, sous le lit, sous les oreillers : pas de livre. Soit papa a ramassé la publicité dans le couloir, soit il a pris le livre dans les toilettes ou sur mon tabouret. A-t-il voulu le lire tout seul ? Peut-être pour vérifier que la suite n'était pas trop triste ? Pour s'assurer qu'il ne risquait pas de pleurer devant moi, lui aussi, et de me choquer comme l'avait fait sa maman ? En tout cas, il faut absolument que je retrouve le livre !

On vient de quitter la table quand la sonnette retentit. Zut de zut, je réalise que j'ai complètement oublié de parler à papa de la venue de son frère ! Margot déboule de sa chambre, ouvre la porte et s'écrie :

– Tonton Bob ! Papa, y a tonton Bob qui est là !

– Bon… Bon… jour, les enfants !

J'avais oublié aussi : lorsqu'il est ému, mon oncle bégaie. Houlà, va-t-il réussir à lire le livre à voix haute avec moi ? Décidément, les deux frères sont sacrément différents ! L'aîné refuse de lire pour éviter d'être ému, et le second veut bien lire même si l'émotion risque de le faire bégayer…

– Ouaf, ouaf !

Tonton Bob n'est pas venu tout seul, mais avec Mélody, son adorable chienne, dont je vous ai déjà parlé. Un Yorkshire qui a même réussi à séduire ce cœur de pierre de Monseigneur. À vrai dire, je crois que mon chat est un peu amoureux de la chienne de mon oncle. Si, si, je vous jure ! Et comme ils ne se voient pas souvent, Monseigneur est tout chamboulé. Il quitte aussitôt sa posture hautaine, descend de la table et vient chercher Mélody pour la conduire à son écuelle d'eau. Brave Monseigneur !

L'accueil de mon père est bien plus froid…

– Tiens, qu'est-ce qui t'amène ? lâche-t-il à son frère.

– C'est Léo qui… qui… commence mon oncle.

Je lui jette des coups d'œil affolés, et il comprend tout de suite.

– … qui… me manquait. Comme je pass… passais devant chez toi, j'ai… j'ai… eu envie de venir vous dire bonjour.

Super tonton ! Je l'embrasserais ! Et j'aimerais que mon père réponde, désinvolte : « Oh, c'est gentil », ou mieux : « Chouette, tu as bien fait ! » Ou plus chaleureux encore : « Ça me fait drôlement plaisir de te voir », voire carrément : « Waouh, quelle bonne surprise, frérot ! »

Non. Il marmonne juste :

– Tu veux un café ?

– Avec plaisir ! lance mon oncle, soulagé que son mensonge ait fonctionné.

Tout de même, il se tourne vers moi en fronçant les sourcils. Alors je lui dis :

– J'ai commencé une nouvelle maquette d'avion. Tu veux la voir, tonton Bob ?

– Avec plaisir, répète mon oncle en ouvrant des yeux ronds.

Et il me suit dans ma chambre.

– Pourquoi tu n'as rien d… dit à ton p… père ? me sermonne-t-il.

– Désolé, j'ai oublié. Mais il se passe quelque chose de grave…

– Quoi ?

– Je crois que papa a jeté mon livre de l'école.

Ça m'est venu d'un coup. Et si, plutôt que de le lire en cachette, mon père avait pris mon roman pour le jeter à la poubelle ? C'est plus crédible, en fait ! S'il a fait ça, je ne le lui pardonnerai jamais…

– Il faut que tu m'expliques, là… bredouille mon oncle.

– Le café est servi ! annonce mon père du salon.

Tonton Bob et moi sortons de la chambre, et je vais direct à la poubelle de la cuisine pour vérifier : rien. Puis je me rappelle qu'il l'a sortie ce matin avant qu'on aille au foot. Je reviens dans le salon, où mon père et mon oncle sirotent leur café, assis chacun à un bout du canapé. Je suis fou de rage :

– Comment tu as pu jeter mon livre ?

– Qu'est-ce que tu racontes ? réplique mon père, étonné.

Ouais, c'est ça, il fait l'innocent ! Ça m'énerve encore plus :

– Un livre de l'école, en plus !

– Écoute, Léo, je n'ai pas jeté ton livre…

– Tu mens ! je hurle. Tu refuses de le lire avec moi, et pour te débarrasser du problème, tu balances mon livre à la poubelle ! T'avais pas le droit !

Je donne un coup de pied dans le fauteuil. C'en est trop pour Monseigneur, qui part se réfugier de l'autre côté de la maison, suivi par Mélody.

– C'est insensé, Léo ! Pourquoi j'aurais jeté ton livre ?

C'est alors que mon oncle intervient :

– On va le re… le retrouver, Léo. Et je le lirai av… avec toi.

Mon père fait volte-face :

– Pourquoi ? Je peux très bien lire un livre avec mon fils. Parce que tu es libraire, tu penses être le seul à savoir lire ?

Mon oncle semble perdre ses moyens :

– Non… bien sûr… que non. On sait juste que tu n'aimes… n'aimes pas les histoires. Ce n'est un secret pour p… personne.

– Et alors ? Pour mon fils, tu ne crois pas que je suis capable de me forcer ?

– OK, répond tonton Bob en levant les mains devant lui comme un bouclier. Bon, j'y v… j'y vais.

Il se lève, enfile sa veste et bouscule légèrement la table basse ; et la cafetière, qui est posée trop près du bord, bascule. Tout se renverse sur le tapis. Le tapis bleu que mes parents ont rapporté d'un voyage au Maroc !

Papa réagit au quart de tour :

– Non mais c'est pas vrai ! Comment on peut être aussi maladroit ? Tu le fais exprès, ou quoi ?

J'en ai le souffle coupé, et à ce moment-là je déteste mon père. Oui, tonton Bob a été maladroit, comme Alban dans le livre. Mérite-t-il pour autant d'être traité aussi méchamment ? Il n'a qu'à l'appeler « corniaud » pendant qu'il y est ! J'ai honte de lui :

– Mais enfin, il l'a pas fait exprès ! je crie.

– Occupe-toi de tes oignons, Léo. Et va dans ta chambre ! J'en ai assez !

Moi aussi, j'en ai assez. Et plus qu'assez de lui, de sa mauvaise volonté, de son égoïsme, de sa méchanceté et de ses mensonges ! Je lui assène, en détachant bien les syllabes, les pires paroles qu'un fils puisse dire à son père :

– Je te hais !

Il y a un grand silence, et j'entends un bruit déchirant. Ça vient de l'entrée du salon. Je tourne la tête : Margot pleure à gros sanglots.

CHAPITRE 8

– Arrêtez, supplie-t-elle, arrêtez de vous disputer…

Elle tend la main, qui tient… mon livre ! Et elle hoquette :

– C'est… moi. C'est moi qui… qui… l'ai caché, parce que vous… vous disputez tout le temps. Je voulais plus… Quand est-ce qu'elle… revient… maman ?

Elle s'accroupit contre le mur, met son visage dans ses mains, les épaules secouées de sanglots. Et soudain — extraordinaire ! —, Monseigneur vient se frotter contre ses jambes pour la consoler. Brave chat ! Il a un cœur, finalement !

Évidemment Mélody le rejoint et s'assoit aux pieds de Margot, en l'observant, la tête penchée, d'un air compatissant.

– Maman revient ce soir, ma puce, dit mon père en s'installant à côté d'elle. Ce n'est pas grave de se disputer. On met les choses au clair, c'est tout. Ça ne veut pas dire qu'on ne s'aime pas…

– Si ! Léo a dit qu'il te haïssait ! Et toi, t'es pas gentil avec tonton Bob !

Je fixe le plancher, encore plein de colère contenue. C'est vrai, j'ai accusé mon père à tort. Mais j'ai quand même raison de lui en vouloir pour son comportement injuste envers tonton Bob.

– Je refais un café pour Bob et je vous apporte des glaces, les enfants, OK ? propose mon père, qui veut alléger l'atmosphère.

Tonton Bob refuse :

– Non merci, Louis. Je… Je crois qu'il vaut… mieux que je… rentre.

– Non ! crie mon père.

Et son cri sonne comme un appel au secours.

Puis il ajoute d'une voix plus douce :

– Ne pars pas, s'il te plaît…

Tonton Bob reste debout, indécis, avant de se rasseoir. Margot se lève et vient se blottir contre lui.

Je ne prends pas de glace, Margot non plus. Tonton Bob, lui, boit son café, et mon père suggère :

– Puisque le livre a été retrouvé, pourquoi on ne le lirait pas à quatre ? Ta maîtresse n'en espérait pas tant, hein, Léo ?

Je détourne la tête. Je suis épuisé. Je n'ai plus envie de rien.

Mais ma sœur ouvre le livre et lance à tonton Bob, en pointant le doigt sur le premier dessin :

– Tu vois, là ? On dirait toi…

– Oui, t'as raison, j'ai l'air cool…

– Qui commence, alors ? reprend mon père comme si je ne lui avais jamais dit que je le haïssais.

Personne ne répond.

– On en était où ? insiste mon père.

Je veux vérifier quelque chose :

– Difficile de le savoir, vu qu'il n'y a plus le marque-page, que j'ai retrouvé… devine où ? Sur ta table de nuit.

Mon père semble désemparé, comme si je l'avais surpris en train de faire une grosse bêtise :

– Oui, bon, je te l'ai emprunté pour le lire tout seul. Mais ça ne compte pas, n'est-ce pas ? Puisque ta maîtresse veut qu'on le lise ensemble. Alors, on commence, oui ou non ?

C'est peut-être ce qui explique sa mauvaise humeur de ce matin : il s'est forcé à faire quelque chose qu'il déteste. Seulement, moi aussi je me suis forcé à lire, et je n'ai pas cassé les pieds à tout le monde !

En tout cas, on y arrive enfin. Mon père reprend le livre, l'ouvre et…

La sonnette retentit.

À croire que ce livre est maudit !

Évidemment, ma petite sœur bondit vers la porte :

– Papy ! s'exclame-t-elle. Papa, y a papy avec une dame !

– Bonjour, ma petite coccinelle ! la salue papy comme à son habitude. Et où est le soleil de mes vieux jours ?

C'est moi, le soleil de ses vieux jours. Heu… je ne peux pas dire que je raffole de ce surnom. Le principal, c'est que papy ne m'appelle comme ça qu'à la maison, quand on est juste en famille. Le grand frère de Noah s'appelle Titien et il avait tendance à faire des bêtises, à traîner un peu trop après les cours. Un jour, sa mère est venue exprès le chercher devant le collège en criant : « Mon Titi ! Je t'ai apporté ton goûter, mon Titiiiiii ! » LA HONTE ! Depuis, Titien rentre toujours à l'heure chez lui.

Mon père, inquiet, se précipite pour accueillir papy, suivi de tonton Bob :

– Entrez, entrez… Ça va, papa ?

– Moi, ça va, répond papy, mais c'est la résidence qui ne va pas. Tiens, vous êtes là tous les deux ?

– Que se passe-t-il ? demande tonton Bob.

La dame qui accompagne papy explique :

– Nous avons découvert une fuite de gaz dans la maison de retraite. On a dû évacuer tous les résidents en urgence, en attendant les réparations.

– Avant que ça explose ! *BOUM*, tous les vieux ! rigole papy.

– Ceux qui n'ont pas de famille vont à l'hôtel. Mais on s'est dit que monsieur Delpeu serait mieux chez vous. J'ai essayé de vous appeler ce matin, mais je n'ai pas réussi à vous joindre, alors j'ai décidé de le déposer moi-même. Je n'habite pas loin.

Papy est souvent d'humeur joyeuse. Avec mamie, qui était pleine de fantaisie, ils devaient bien s'entendre. Comme il nous le dit parfois : « L'humour, c'est comme un feu d'artifice dans la vie. On en a besoin ! »

Papa hoche la tête :

– Merci, madame. J'ai du café tout chaud si vous voulez…

– Non merci, hélas, j'ai trop de choses à faire ! Je me sauve !

Elle fait un petit signe à mon grand-père :

– Au revoir, monsieur Delpeu !

– Au revoir, Manon ! Courage !

Et nous voilà tous ensemble dans le salon.

Comme s'il ne savait faire que ça, papa propose à nouveau, à papy cette fois :

– Tu veux un café ?

Papy hausse les épaules :

– Non merci ! Qu'est-ce que je ferais d'un cahier ?

Ah oui, il faut que je vous dise : en plus de ne pas bien voir, mon grand-père est aussi un peu sourd. Cela dit, vu son côté espiègle, je me demande si parfois il n'en rajoute pas un peu. Ça tombe bien, car l'ambiance a besoin de légèreté.

Je suis ravi que papy soit là, par contre ma lecture est fichue pour de bon. Bizarrement, ça m'est égal, tout à coup. Je suis fatigué, et je n'ai qu'une envie : aller me pelotonner sous ma couette et dormir. Tant pis pour la maîtresse !

Mais mon grand-père lance :

– Alors qu'est-ce qu'on fait, ce soir ? Pas de télé, hein ! Je la regarde déjà bien assez chez les vieux !

Personne ne répond.

– Dites donc, vous tirez de ces têtes ! Qu'est-ce qui se passe, là ? C'est mon arrivée qui vous dérange ?

Margot lâche le morceau, en articulant bien chaque mot pour que papy entende :

– Léo et papa se sont disputés ! Léo a dit à papa qu'il le haïssait ! Et puis papa et tonton Bob aussi se sont disputés !

– Ah bon, mais pourquoi ? questionne papy.

– Tonton Bob a renversé le café sur le tapis, l'informe Margot-La-Rapporteuse-Nationale.

Sous l'œil réprobateur de papy, mon père grimace, pas très à l'aise.

– Et puis, continue Margot, Léo a un livre à lire avec papa pour l'école, sauf que papa, il a pas envie. Mais tonton Bob, si ! Et toi, tu veux bien qu'on le lise ?

– Évidemment ! J'adore les histoires, surtout quand on me les lit ! C'est quoi, le titre ?

– *Super*… quelque chose…

Je marmonne :

– *Super-victime de l'injustice mondiale.*

– Super-pique-nique de quoi ? demande mon grand-père.

Alors, j'articule à nouveau :

– *SU-PER-VIC-TIME DE L'IN-JUS-TICE MON-DIALE !*

Mon grand-père sourit :

– Épatant, ce titre ! Alors, qui commence ?

Mon père prend le livre sur la table basse :

– On reprend depuis le début ? suggère-t-il, d'un ton qui se veut enjoué.

Et puis quoi encore ? Comme si on en avait le temps ! Je réagis au quart de tour :

– Ah, non. On va résumer le début pour papy et tonton Bob.

– C'est toi qui lis, Louis ? s'étonne papy.

Mon père garde le silence, peut-être pour digérer la petite remarque de papy.

Ce dernier appuie la tête contre le dossier du fauteuil, ferme les yeux, et déclare :

– Je suis tout ouïe, mon p'tit Louis.

Je sais maintenant de qui mon père tient l'amour des jeux de mots.

CHAPITRE 9

Je me cale dans les coussins du canapé entre Margot et tonton Bob. Monseigneur et Mélody sont lovés dans un fauteuil, papy dans un autre, et mon père sur une chaise.

Margot désigne Monseigneur et Mélody, et dit de sa petite voix flûtée :

– Vous voyez ? Monseigneur et Mélody, ils s'aiment. Et pourtant c'est un chat et un chien. Pourquoi vous vous aimez pas alors que, vous, vous êtes des frères ?

Pan ! Qu'est-ce qu'on dit, déjà ? Que la vérité sort de la bouche des enfants ?… En tout cas, moi, je n'aurais jamais osé dire une chose pareille !

Aussitôt papy rebondit :

– Avant le décès de votre maman, vous étiez les meilleurs amis du monde. Et après, vous vous êtes éloignés, c'est vrai…

Pour une fois, papy ne blague pas. Comme d'un commun accord, les deux frères ignorent le commentaire de leur père. Le mien paraît tout à coup soulagé de devoir lire : il attrape le roman, fait un résumé des deux premiers chapitres et entreprend de lire le troisième.

Enfin, les choses sérieuses commencent. Papa lit les chapitres trois et quatre, moi le cinq. On parle bien fort et on articule pour que papy entende.

L'histoire est chouette. Alban et son ami ont construit une cabane l'année précédente et ils rafistolent le toit pour qu'Alban puisse y dormir. Lui est très fâché contre sa mère, qu'il trouve injuste, et il ne veut plus rentrer à la maison.

Tonton Bob prend la relève et lit le chapitre six. Quand il lit, il ne bégaie pas du tout. L'histoire avance, je suis sur un petit nuage… Parce que j'ai enfin réussi et que je sais ce que je vais raconter à madame Bichou le lendemain. Mais surtout parce que c'est génial, ce moment paisible, où on est tous ensemble. Ma maîtresse a raison : lire ensemble rapproche les gens.

Mon père attaque le chapitre sept. Mais soudain, les mots semblent prisonniers de sa bouche. J'ai l'impression qu'il les retient, pour finalement les recracher, un à un, et que ça lui fait mal. Il en est au passage où le petit frère d'Alban veut entrer dans la cabane, parce que lui aussi se sent super-victime de l'injustice mondiale.

« *Maman, elle m'a puni, parce que j'ai dit qu'elle était méchante, parce qu'elle avait mis le gâteau dans le frigo. Et moi, j'ai voulu prendre un morceau, mais elle a pas voulu. Elle a dit qu'on attendrait pour le manger que tu ne sois plus puni. Tu trouves ça juste, toi ? À quoi ça sert de faire un super-gâteau, si on peut pas le manger ?* »

Mon père a du mal à finir ce chapitre. Est-ce trop ? Trop de lecture pour lui ? Je lis le chapitre huit, tonton Bob le chapitre neuf, et mon père le dernier chapitre. Quand il prononce le mot « fin », je me sens… libéré. Le livre est terminé, j'ai réussi. YOUPI !

Papa, lui, pose le livre sur ses genoux, l'air ailleurs.

Tonton Bob a un petit rire léger :

– Maman aussi faisait de sup… super gâteaux au chocolat. Tu te rappelles ?

Papa lui jette un drôle de regard, puis il dit d'une voix un peu enrouée :

– Oui. Elle en avait fait un, juste une semaine avant de…

Il ne réussit pas à finir sa phrase. Ses yeux sont brillants, et des larmes se mettent à couler sur ses joues. Il ne fait aucun bruit. Pas un reniflement, pas un gémissement, pas un hoquet, rien. Simplement ce flot ininterrompu d'un chagrin qui semble venir de loin.

Mon père qui pleure ! Je suis bouleversé. Margot se précipite vers lui. Papy observe son fils aîné avec un air malheureux, les mains posées sur les accoudoirs. Il ne sait pas comment l'aider.

Papa murmure :

– Elle t'a donné le dernier morceau pour te consoler parce que tu t'étais fait mal. Mais je le lui avais demandé avant. Alors, comme dans le livre de Léo, j'ai trouvé ça trop injuste ! En fait, j'étais jaloux et je lui ai fait la tête toute la semaine…

Il se penche, pose la tête dans ses mains, reste un moment comme ça. Puis il se redresse, et respire un grand coup avant de poursuivre :

– Elle est morte, si vite, à la fin de cette fameuse semaine… et je n'ai pas eu le temps de lui dire que je l'aimais, que je ne lui en voulais pas, bien sûr que non…

Il secoue la tête, le dos courbé, les coudes sur ses jambes, les mains sur ses joues. Personne n'ose intervenir, de peur que ça l'empêche de parler, de dire tout ce qu'il a sur le cœur.

Il se tourne vers son frère :

– Du coup, c'est à toi, Bob, que j'en ai voulu. Je sais, c'est bête. Et ça fait si longtemps. Mais au bout d'un moment, j'avais pris l'habitude d'être fâché contre toi… J'en avais besoin, tu comprends ?

Sa voix s'éteint comme dans un souffle :

– Pardonne-moi.

Tous deux se dévisagent.

Bob se met debout et prend son grand frère dans ses bras. Ils se serrent très fort, et très longtemps.

– Les ravages de la jalousie ! commente papy. Une chose est sûre : votre maman vous aimait énormément, autant l'un que l'autre.

Puis il se penche vers moi et me chuchote :

– Pas mal, ton livre, Léo ! Y en a, des rebondissements ! Qui l'eût cru, Lustucru !

Papa propose à tonton Bob de rester dîner. Nous préparons le repas tous ensemble et, lorsque nous passons à table, Monseigneur vient s'installer sur les genoux de mon père. Du jamais vu ! Comme s'il avait senti que papa avait besoin de réconfort. En fait, ce chat est d'une extrême sensibilité !

Soudain, une clé tourne dans la serrure. Et maman apparaît. Margot bondit vers elle :

– Maman !

En apercevant notre réunion de famille, ma mère écarquille les yeux, mais lorsque son regard s'arrête sur Monseigneur, installé sur les genoux de papa, là, elle s'alarme :

– Quelque chose est arrivé ? Attendez-moi une minute, je pose mes affaires, et vous allez me raconter…

CHAPITRE 10

C'est Margot, bien sûr, qui se charge de tout raconter à maman, sous l'œil amusé des deux frères. Ma mère, médusée, n'arrive pas à détacher son regard de mon père et de tonton Bob. Il y a de quoi ! Assis côte à côte sur le canapé, leurs épaules et leurs cuisses se touchent. Et ce simple contact en dit bien plus long que n'importe quel discours.

Je sais qu'au printemps la sève d'un arbre monte dans le tronc pour aller nourrir ses branches. Là, c'est un peu pareil : la sève de l'amour fraternel, de nouveau, fait son chemin, après une longue pause.

La lecture de ce livre a accompli un miracle ! Et je suis tout excité à l'idée de ce que je vais raconter demain à mes camarades et à ma maîtresse.

Après ses explications, Margot s'endort sur le tapis, entre Monseigneur, qui a quitté les genoux de papa, et Mélody. Ces dernières heures ont été chargées d'émotions, et elle a sûrement besoin d'un peu de repos. Maman va la coucher dans son lit.

– Ça va bientôt être l'heure d'aller te coucher, toi aussi, Léo, dit mon père. Il faut que tu sois en forme demain pour la présentation de ton livre devant ta classe. C'est que… tu en as, des choses à raconter !

J'ai une bouffée de tendresse pour mon père. Le pauvre, il ne s'attendait sûrement pas à revivre ces souvenirs douloureux. Ça lui est tombé dessus et je trouve qu'il a été drôlement courageux. Ce n'est pas facile d'affronter un passé qui ne nous met pas en valeur et de dire la vérité sur ses sentiments. Heureusement, il y gagne l'amour retrouvé d'un frère !

Je m'approche et je l'entoure de mes bras :

– Merci, papa.

Il m'ébouriffe les cheveux — sa petite manie à lui qui me fait toujours chaud au cœur.

Le lendemain, je souris en allant à l'école. Je suis sûr de mon succès. Et je ne me trompe pas. Je suis le premier à passer.

Je raconte.

– Mon père et moi, on a un point commun : on n'aime pas lire. Mon père, à vrai dire, n'aime même pas les histoires. Enfin, il n'aimait pas les histoires. Mais grâce à *Super-victime de l'injustice mondiale*, il s'est souvenu d'une injustice qu'il avait subie quand il était petit. À cause de ça, il s'était éloigné de son frère et, grâce à cette histoire, ils se sont réconciliés. Quand on ouvre un livre, on ne sait vraiment pas ce qui nous attend…

– Mais il l'a lu, finalement ? demande Syrius.

– Oui, d'abord en cachette, et ensuite parce qu'il n'a pas eu le choix.

– C'est fantastique ! Ça veut dire qu'un livre, ça peut changer la vie ! s'écrie Précieux.

– Ben, ça dépend des livres, nuance Lana. Le mien, il n'a rien changé du tout. Mais qu'est-ce qu'il m'a fait rire !

– C'est déjà chouette, intervient la maîtresse.

Puis elle pose une question, pour nous rendre encore plus « éclairés » :

– Selon vous, à quoi peut servir un livre ?

Quelques blagues fusent, genre… « à allumer le feu », « à mettre en tas pour servir de table basse », « comme papier toilette »…

– Allez, répondez-moi sérieusement, rétorque la maîtresse sans se fâcher, parce qu'elle aime bien quand on fait de l'humour.

– À rêver ? suggère Stella.

– Quels genres de rêves ? insiste la maîtresse.

– On rêve d'amour, de voyage, d'aventure… précise Stella, qui sait bien argumenter.

– Un livre, ça peut faire réfléchir aussi, renchérit Syrius, qui ne veut pas être en reste.

– Par exemple… ?

– Ben… poursuit Syrius, on peut réfléchir à la vie, au monde qui nous entoure, à la mort aussi…

– Y a des livres qui font rire, heureusement ! clame Djibrill.

– Et d'autres qui font pleurer…

– Et même pleurer de rire !

– Et puis il y a ceux qui nous aident à nous souvenir et à comprendre, j'ajoute. Qui font rire et pleurer mais pas au même moment. Comme le mien.

La maîtresse approuve et conclut :

– Oui, vous avez raison, les enfants. Certaines histoires racontées dans les livres peuvent ressembler à ce qu'on vit ou à ce qu'on a vécu, mais on n'arrive pas toujours à mettre des mots pour dire ce qu'on ressent. Heureusement les écrivains sont là, et leur métier est en quelque sorte de trouver ces mots pour nous.

Elle prend un air mystérieux et, avec un petit sourire, elle dit :

– Moi aussi, un livre a changé ma vie. Il raconte l'histoire d'instituteurs sur plusieurs générations et s'intitule *La Dictée*[2]. C'est grâce à lui que j'ai eu envie de faire ce métier.

– On a de la chance qu'il existe, ce livre, alors ! lance Tom.

– Je te remercie, Tom, répond madame Bichou.

Là-dessus, tout le monde y va de son petit compliment, mais je suis sûr que celui qui fait le plus plaisir à la maîtresse, c'est celui de Tom, tellement spontané.

---

2. *La Dictée*, de Jean Cosmos (éditions De Borée, 2004).

À la sortie de l'école, je vois Noah qui discute avec Tristan. Noah et moi rentrons ensemble tous les soirs, alors je le rejoins, même si je me doute que cela ne fera pas plaisir à Tristan. Je ne me trompe pas, car Tristan lâche aussitôt :

– Je vous laisse…

Alors, pour une fois, je réponds :

– Non, c'est bon, c'est moi qui pars.

Et je tourne les talons.

– Attends, Léo, reviens ! s'écrie Noah.

– C'est bon, laisse-le partir, lui dit Tristan. Vous êtes déjà tout le temps fourrés ensemble, ça va…

Et tout à coup, je comprends : depuis que mon père et celui de Noah sont devenus amis, Noah et moi sommes très proches. Alors qu'avant, même si j'étais copain avec Noah et Tristan, c'étaient surtout eux deux qui étaient inséparables. Tristan pense que je lui ai piqué son meilleur copain. Il est… jaloux. Je repense aux paroles de papy : « Les ravages de la jalousie ! »

Je reviens sur mes pas :

– Tristan, ça te dirait de venir jouer au foot avec nous dimanche prochain ?

Il paraît étonné et, comme il hésite, Noah ajoute :

– Oh oui, ce serait super !

Une lueur s'allume dans les yeux de Tristan.

– OK, je veux bien.

Je lui présente mon poing fermé, et il tope dedans.

À la maison, papy est toujours là. La fuite de gaz n'est pas encore réparée.

– Oh, oh, v'là le soleil de mes vieux jours !

Margot se précipite vers moi :

– Léo ! Papa et tonton Bob sont partis courir, tous les deux ! Maintenant, papa et tonton Bob, c'est comme Monseigneur et Mélody.

Mélody est couchée entre les pattes de Monseigneur qui lui lèche les oreilles.

– Oui, enfin, pas tout à fait, dis-je en rigolant.

Une pensée me vient : la jalousie semble être une émotion courante. Papa était jaloux de tonton Bob, Tristan était jaloux de moi… Et moi, de qui suis-je jaloux ? De Margot, souvent. La petite dernière, à qui les parents laissent tout passer et qui en profite. Cette horrible rapporteuse… Mais ce que je viens d'apprendre sur papa et mon oncle me fait comprendre que l'amour risque de se dissoudre, comme un sucre dans le café, ou de s'endormir, comme la Belle au bois dormant, pendant des années, si on ne se bat pas pour le garder.

Je chuchote à ma petite sœur :

– Tu sais que je t'aime ?

– Non, je sais pas, répond Margot, en écarquillant ses grands yeux clairs.

– Comment ça ?

– Ben, Monseigneur et Mélody, on voit qu'ils s'aiment, eux.

En effet, ça se voit. J'ai envie de la taquiner :

– Tu veux que je te lèche l'oreille ?

– Beurk ! fait-elle en pouffant de rire.

Je m'allonge sur le tapis et je tends les bras pour que Margot vienne se blottir contre moi, comme Mélody avec Monseigneur.

Nous restons un moment comme ça, et je lui murmure :

– Maintenant tu me crois ?

Et ma petite sœur ronronne.

FIN

RRRRRR

CLAIRE CLÉMENT vit sur une péniche à Joinville-le-Pont, dans le Val-de-Marne. Autrice jeunesse, elle écrit des albums et des romans pour les petits et les grands. Elle a reçu de nombreuses récompenses : le prix Chronos et le prix des Incorruptibles, deux fois chacun, ainsi que le prix Lire en fête. Elle a été rédactrice pour la presse jeunesse chez Bayard. Enfin, elle a créé le Salon du livre jeunesse en Erdre & Gesvres à Sucé-sur-Erdre (Loire-Atlantique), le pays de ses racines.

LUCIE BRYON est illustratrice et autrice de bande dessinée.
Elle a grandi entourée de livres et d'images, et a très vite décidé d'en créer à son tour.
Diplômée de l'école Saint-Luc de Bruxelles, elle dessine pour les petits et les grands. Ses travaux ont été publiés par Milan, Kaboom Studios, France Inter ainsi que dans *Cicada Magazine*. Ils sont aussi visibles sur Internet.

LE FEUILLETON DES INCOS

Proposer aux jeunes lecteurs de pénétrer dans les coulisses de la création d'une histoire : c'est cette idée, à la fois simple et novatrice, qui est à l'origine du « Feuilleton des Incorruptibles ».

Pendant plus de douze semaines, des groupes de lecteurs ont entretenu une correspondance personnalisée avec un auteur.

L'objet de ces échanges ? Un texte posté tous les quinze jours, chapitre par chapitre, par un écrivain, passablement anxieux à l'idée d'être soumis aux jugements décomplexés des jeunes. Le résultat ? Une histoire commentée et questionnée par des centaines de lecteurs, aussi curieux qu'impitoyables, et autant de débats et échanges, questions existentielles et interrogations futiles, mots doux et bons mots…

Avec la complicité des éditions MILAN, le texte a été travaillé comme un manuscrit traditionnel avant de prendre le chemin des presses.

C'est une aventure où l'intime et le collectif se conjuguent et se répondent pour désacraliser l'acte d'écriture, comprendre le processus de publication d'un texte, inciter à la lecture, encourager la réflexion, tisser des liens privilégiés avec un auteur et, qui sait, susciter des vocations…

Association Le Prix des Incorruptibles
01 44 41 97 20 • www.lesincos.com

Noms des groupes ayant participé au projet « Le Feuilleton des Incos » avec Claire Clément :

- Les lecteurs de Marseille
Collège Jacques-Prévert – Marseille (13)

- Les lecteurs de La Jarrie
Collège Françoise-Dolto – La Jarrie (17)

- Les lecteurs jarriens
Collège Françoise-Dolto – La Jarrie (17)

- Les lecteurs de Bourges
Collège Jean-Renoir – Bourges (18)

- Les lecteurs de Saint-Prest
Collège Soutine – Saint-Prest (28)

- Les lecteurs de Colomiers
Collège privé Sainte-Thérèse – Colomiers (31)

- Les lecteurs de Paris
Collège Paul-Gauguin – Paris (75)

- Les lecteurs de Saint-Nicolas
Collège Claude-Monnet –
Saint-Nicolas-d'Aliermont (76)

- Les lecteurs de Rueil-Malmaison
Collège Les Martinets – Rueil-Malmaison (92)

- Les lecteurs d'Andorre
Lycée général et technologique Comte-de-Foix – Andorre-la-Vieille (Andorre)

- Les lecteurs de Sydney
Lycée Condorcet de Sydney (Australie)

- Les lecteurs de New Delhi
Lycée français international de New Delhi (Inde)

- Les lecteurs de Dublin
Lycée français de Dublin (Irlande)

- Les lecteurs dublinois
Lycée français de Dublin (Irlande)